Annelie Gerhard

Sternenregen

Wie viele Sterne braucht das Glück?

Liebesgeschichte

Italien, 1943

Als Stella in den Hügeln ihrer Heimat dem wagemutigen Soldaten Amadeo begegnet, beginnt für beide eine Zeit gemeinsamer Wünsche und Träume. Bevor seine Einheit versetzt wird, geloben sie sich unter dem Sternenregen des Heiligen Lorenzo ein *Für immer*.

Nach einem erschütternden Einsatz trifft Amadeo eine Entscheidung, mit der er nicht nur sein Schicksal, sondern auch das seiner großen Liebe herausfordert.

Eine bittersüße Kurzgeschichte über die Kraft der Liebe und die Magie der Sterne.

Annelie Gerhard

Sternenregen

Wie viele Sterne braucht das Glück?

Liebesgeschichte

Impressum

Bibliografische Information der Deutschen
Nationalbibliothek:
Die Deutsche Nationalbibliothek verzeichnet diese
Publikation in der Deutschen Nationalbibliografie;
detaillierte bibliografische Daten sind im Internet über
http://dnb.dnb.de abrufbar.

Die automatisierte Analyse des Werkes, um daraus
Informationen insbesondere über Muster, Trends und
Korrelationen gemäß §44b UrhG („Text und Data Mining")
zu gewinnen, ist untersagt.

Verlag: BoD · Books on Demand GmbH, In de Tarpen 42,
22848 Norderstedt, bod@bod.de
Druck: Libri Plureos GmbH, Friedensallee 273,
22763 Hamburg

ISBN: 978-3-7583-1191-8

Für R.

Schließe die Augen
Denke daran
Wie alles
Zwischen uns begann

Der erste Blick
Der erste Kuss
Du bist kein Kann
Du bist ein Muss

Sehn' mich noch immer
Bin süchtig nach dir
Unstillbare Sehnsucht
Kann nichts dafür

A.

1

10. August 1987

Drei breite Stufen führten zum weit geöffneten Portal der kleinen Kirche. Ihre Mauern aus hellem Naturstein strahlten unter dem Licht der Sonne eine in sich ruhende Würde aus. Zu beiden Seiten schmückten kunstvoll gefertigte Blumengestecke den Einlass. Ihre weißen und cremefarbenen Blüten wippten einladend in der Sommerbrise.

Stella stand auf dem obersten Podest vor einem geschwungenen Rahmen, der mit goldenen Buchstaben auf die bevorstehende Zeremonie hinwies und das Foto eines jungen Paares zeigte. Sie erkannte Glück, wenn sie es sah. Auch sie hatte einst darin gebadet.

Jener Tag kam ihr in den Sinn, an dem sie das letzte Mal vor dieser Kirche gestanden hatte. In einer Zeit, die fast ein ganzes Menschenleben zurücklag. Ihre Erinnerung beraubte sie der Fähigkeit, das Kircheninnere zu betreten. Seit Stella die Einladung zur Hochzeit zum ersten Mal in ihren Händen gehalten hatte, war es genau dieser Schritt gewesen, vor dem sie sich gefürchtet hatte. Alles in ihr wollte wieder in das Taxi steigen, mit dem sie vor wenigen Minuten hier angekommen war.

Das Klappen einer Autotür und jemand, der sich im Laufschritt näherte, holten sie in die Gegenwart zurück. Neben ihr kamen die Schritte zum Stehen.

»Buongiorno, Signora. Die Hitze macht einem ganz schön zu schaffen, nicht wahr. Möchten Sie nicht eintreten?«

Allein bei dem Gedanken daran geriet Stellas Herz ins Stolpern. Noch war sie nicht bereit, sich all ihren Erinnerungen zu stellen.

»Ich begleite Sie zu Ihrem Platz«, sagte der Unbekannte.

Sie wandte sich der Stimme zu. Mit seinem verschmitzten Lächeln erinnerte ihr Gegenüber Stella an einen großen Jungen, dem gerade ein genialer Plan eingefallen war. Ganz von selbst erwiderte sie sein Lächeln.

»Sie müssen wissen«, redete er ohne Punkt und Komma weiter, »ich sollte bereits vor einer Dreiviertelstunde hier sein. Mit Ihrer charmanten Begleitung an meiner Seite wird jeder nur Augen für Sie haben und meine Verspätung dabei vergessen.«

Stella nickte und bereute diese unbewusste Reaktion sogleich. Gerade als sie sich korrigieren wollte, tauchte wieder sein lausbübisches Grinsen auf. Jetzt konnte sie nicht mehr zurück.

»Ich bin Leonardo, Cousin des Bräutigams.«

»Stella, Patentante der Braut.«

Galant bot er ihr den Arm. An seiner Seite näherte sich Stella dem Eingang. Sie heftete den Blick auf ihre Schuhspitzen, die ihr an der Türschwelle jeden weiteren Schritt verweigerten. Doch ihre Vergangenheit durfte keine Rolle spielen. Nicht heute. Mit geschlossenen Augen atmete sie tief ein und betrat die Kirche.

Als sie die Augen wieder öffnete, fingen zarte Blütengirlanden an den Sitzreihen ihren Blick ein. Musik tänzelte über die liebevoll arrangierten Blumen hinweg. Die

Symbiose aus Klang und Farbe brachte eine Leichtigkeit in die Kirche, die Stella seit damals nie für möglich gehalten hatte.

»Signora, Grazie mille«, flüsterte ihr Leonardo zu. »Sie sind mein rettender Engel.«

Und Sie meiner, dachte Stella bei sich.

Noch vor wenigen Augenblicken war ihr der Eingang wie ein unüberbrückbares Hindernis erschienen. Und jetzt, jetzt fehlten nur noch wenige Meter bis zur ersten Stuhlreihe. Über die Köpfe der Gäste hinweg bemerkte sie zwei in der Luft winkende Hände. Die Feder an einem eleganten Hut bewegte sich dabei hin und her. Unter dem Hut kamen graue Wellen zum Vorschein, die das freudige Gesicht ihrer Schwester Marinella umrahmten.

»Marinella, entschuldige die Verspätung. Ich …«

»Nichts da, du bist hier und das ist alles, was zählt«, flüsterte Marinella und umfing Stella mit beiden Armen. »Jetzt lasse ich dich nicht mehr los.«

Die Tiefe ihrer Beziehung tat Stella gut. Sie hatte sich darin nie erklären müssen.

Leonardo, der sich dezent zurückgehalten hatte, nickte beiden Frauen zu und mischte sich unter seine Verwandtschaft.

»Deinem Begleiter muss ich nachher unbedingt danken«, sagte Marinella und lächelte Stella an. »Wenn ich ehrlich bin, war ich mir bis eben nicht sicher, ob du tatsächlich kommen wirst.«

»Um nichts in der Welt hätte ich mir Giuliettas Hochzeit entgehen lassen.«

»Weil du viel zu neugierig auf ihren Matteo bist. Gib's ruhig zu«, entgegnete Marinella und nahm dem Moment die Schwere.

»Du kennst mich einfach zu gut.«

»Natürlich tue ich das. Und wo wir gerade dabei sind. Denk ja nicht, dass du dich nach der Trauung gleich wieder verabschieden kannst!«

Stella saß in der zweiten Reihe mit Blick auf den Altar und lauschte dem Ehegelübde des Bräutigams. Vor Gott und den Gästen trug er es gleich einem Schwur vor, mit dem er seiner Auserwählten sein Leben, seine Liebe und sein ganzes Sein zu Füßen legte. Die Art von Ruhe, mit der der Bräutigam seine gewählten Worte vortrug und die Gesten, mit denen er sein Gelübde bekräftigte, rührten etwas in Stella. Und dieses Etwas hielt sie mit aller Macht unter Verschluss.

Weiße Rosenblätter schwebten zu Boden und webten dort einen Blütenteppich, über den das frischvermählte Brautpaar die Stufen vor der Kirche hinabstieg. Applaus und freudige Ausrufe begleiteten beide in ihr gemeinsames Leben. Die Glocken läuteten indes das Glück in die Weite der Landschaft hinaus.

»Matteo, komm schnell, ich möchte dir jemanden vorstellen.« Ohne Rücksicht auf ihr langes Kleid zu nehmen, kam die Braut auf Stella zugelaufen. »Tante Stella!«

»Nicht so wild, Kindchen, nicht so wild.«

Giuliettas stürmische Begrüßung zeigte Stella, dass ihre Entscheidung richtig gewesen war, die Einladung zur Hochzeit anzunehmen.

»Lass dich ansehen. Und dir gratulieren.« Stella legte beide Hände an Giuliettas Wangen.

»Es ist so schön, dich hier zu haben, Tante Stella«, murmelte sie. »Und schau, das ist Matteo. Liebling, meine Patentante Stella Manchini.«

»Ich freue mich, Sie persönlich kennenlernen zu dürfen, Signora Manchini. Gestatten Sie, Matteo Fiorentini.«

Seine formvollendete Vorstellung mit angedeutetem Handkuss und leichter Verbeugung zeugte von alter Schule. Stella mochte ihn jetzt schon.

»Einfach Stella, bitte. Oder Tante Stella. Signora macht mich bloß noch älter als ich bin.«

Das erleichterte Lächeln, das er ihr daraufhin schenkte, war ihr zum letzten Mal vor Jahrzehnten begegnet. Oder nicht? Sie räusperte sich und schalt sich in Gedanken eine sentimentale Nuss. Und dennoch, wie auch während des Gelübdes, gaben seine Mimik und die Art sich zu bewegen Stella das Gefühl einer unerklärlichen Vertrautheit. Sie schob dieses Gefühl beiseite und räusperte sich.

»Ein wundervolles Datum habt ihr euch zum Heiraten ausgesucht«, brachte sie hervor.

»Da können wir dir nur zustimmen. Nicht wahr, Matteo?«

In Matteos Augen trat ein liebevoller Ausdruck, als er Giulietta in eine sanfte Umarmung zog. »La Notte di San Lorenzo wird von heute an immer unsere Nacht sein,« raunte er ihr zu.

Worte, die für Stella nicht leise genug waren, um sie zu überhören. Sie waren jedoch auch nicht laut genug gewesen, als dass sie sich hätte sicher sein können.

Erinnerungen wirbelten auf an Tage vollkommenen Glücks und Nächte unter Sternenregen.

2

Jahresbeginn 1943

Hinter verschlossenen Türen hatte ein Großteil Italiens die Nase gestrichen voll vom Krieg. Amadeo stand mit dem Gewehr im Anschlag auf dem Übungsplatz der Infanterie und konnte den Kopf nur über sich selbst schütteln. Menschen zu töten, hatte nie in seinem Lebensplan gestanden. Doch forderten besondere Zeiten besondere Entscheidungen. Seine Brüder Tommaso und Agostino hatten es ihm gleich zu Beginn des Krieges vorgemacht. Die letzte Nachricht von seinem ältesten Bruder war in Afrika aufgegeben worden. Sein zweitältester war in Griechenland stationiert. Je schneller dieser verdammte Krieg beendet war, desto eher konnten alle zurück nach Hause und das Gut bewirtschaften. Seine jüngere Schwester hatte ihn zurückhalten wollen. An seiner patriotischen Pflicht hatte jedoch kein Weg vorbeigeführt.

Seit zwei Wochen war er in diesem Ausbildungslager. Mitten im Nirgendwo. Dort, wo einzig das Gebrüll der Ausbilder und die Schüsse der werdenden Schützen die Ruhe durchbrachen.

»De Luca, Finger aus dem Arsch und ran an den Abzug, bevor ich dir einen Tritt in deinen Allerwertesten verpasse!« Sein Vorgesetzter stürmte mit der Kraft einer Dampflok auf ihn zu. »Willst du ein Soldat werden oder auf ewig ein Versager bleiben?«

Amadeo nahm die vorgeschriebene militärische Haltung an und schluckte die Entgegnung herunter, die ihm auf der Zunge lag. Er schlug die Hacken zusammen. Seine Handkante schnellte zur Stirn. Innerlich brodelte es in ihm wie der Ätna kurz vor dem Ausbruch. Wie sollte man mit Vorgesetzten wie dem seinen auch nur irgendeinen Krieg gewinnen? Amadeo war niemand, der sich drückte. Er war jemand, der zupackte, wo er gebraucht wurde. Die letzten Tage hatten er und seine Kameraden das Ausbildungslager auf dem Bauch robbend oder mit der Waffe im Anschlag erkundet, Schützengräben im steinharten Boden ausgehoben und alles gegeben, was sie an Kraft erübrigen konnten. Und jetzt musste er vor seinem Capo strammstehen, der nichts weiter getan hatte, als brüllend auf denjenigen rumzutrampeln, die bereits am Boden lagen.

»Deinen Hochmut werde ich dir schon noch austreiben, De Luca. Du sicherst für die nächsten sieben Nächte den nördlichen Teil des Lagers ab.«

»Genießen Sie die Aussicht?«

Amadeo schreckte auf und rieb sich über die Augen. Längst hatte die Morgendämmerung die Dunkelheit der Nacht abgelöst. Die vergangene Woche hatte ihren Tribut gefordert. Er musste auf der Bank eingenickt sein und hatte keine Ahnung für wie lange. Doch er wusste, dass ihn die Stimme, die ihn geweckt hatte, von nun an nicht mehr loslassen würde. Ausgetretene Stiefel lugten unter dickem Stoff hervor, der zu einem schlichten Rock gehörte. Die Hände tief in den Jackentaschen vergraben, stand vor ihm das schönste Wesen, das er je zu Gesicht bekommen hatte. Er war nie ein Schürzenjäger gewesen. Und auch kein unbeschriebenes Blatt. Sein Familienname zog in seiner heimatlichen Region

Mädchen an wie Honig die Bienen. Er war sicher, soeben seine Bienenkönigin gefunden zu haben.

Der Wind hatte einzelne Strähnen aus dem locker gebundenen Zopf befreit. Amadeos Finger kribbelten, so sehr drängte es ihn, die Haare aus ihrem Gesicht zu streichen. Wachsam dreinblickende Augen, die zierliche Nase und die vollen Lippen stellten für ihn wahre Vollkommenheit dar.

»Haben Sie hier allein auf den Hügeln gar keine Angst?«, fragte er, um nicht wie ein Trottel zu starren.

»Sollten Sie nicht woanders sein und im Schlamm spielen?«

Er schmunzelte in sich hinein. Sie war nicht nur bezaubernd schön, sondern auch schlagfertig.

»Wo sind bloß meine Manieren?« Amadeo stand auf und machte eine leichte Verbeugung. »Gestatten Sie, dass ich mich Ihnen vorstelle: Amadeo De Luca. Noch Soldat in der Ausbildung. Bald Befreier der Welt von Krieg und Tyrannei.« Aus seinem Schmunzeln wurde ein Grinsen, so breit wie das nächste Tal.

* * *

Ein glockenhelles Lachen rollte aus Stellas Kehle. Ihr Argwohn war ob dieser unerwarteten Vorstellung verpufft. Jemand, in dessen Pupillen ein derartiger Schalk leuchtete und um dessen Augen abertausende von Lachfältchen tanzten, konnte nichts Böses im Sinn haben. Ihren Finger behielt sie dennoch am Abzug der kleinen Beretta, die sie in ihrer Jackentasche verbarg. Ihr Großvater hatte ihr die Waffe mit Ausbruch des Krieges in die Hand gedrückt. Zu viel hatte sie in den vergangenen Kriegsjahren gehört, als dass sie sich von diesem Gesicht, das Michelangelos David aufs Haar glich, ohne Schutz bezirzen ließe.

»Darf ich mich zu Ihnen setzen?«

Ohne eine Antwort abzuwarten, nahm sie neben ihm auf der Bank Platz. Dass ihr Vater diese eigens für ihre Träumereien hier aufgestellt hatte, musste sie dem jungen Mann nicht verraten. Bisher hatte sie das Wissen um diesen Ort nur mit ihrer Schwester Marinella geteilt, die Stella nie einen Vorwurf aus ihrem verträumten Wesen gemacht hatte. Stella liebte diesen abgeschiedenen Platz, der verborgen im Schatten himmelhoher Zypressen auf einer Anhöhe lag. Wann immer sie hier war, wurde sie von einem tiefen Gefühl innerer Ruhe erfasst. So auch jetzt. Hügelketten wogten wie sanfte Wellen durch die Landschaft. Stella genoss die Sicht auf die kleine Kirche unweit vor den Toren ihres Heimatortes. Ihre Kuppel schlummerte noch unter dem Morgennebel, während die Spitze des Glockenturms den Himmel zu berühren schien.

»Und, wie gefällt ihnen nun die Aussicht?«, wiederholte sie ihre erste Frage, diesmal ernsthaft an seiner Antwort interessiert.

Der junge Mann ließ seinen Blick über die Landschaft schweifen und sah schließlich wieder zu Stella.

»Die Aussicht ist mit nichts zu vergleichen. Sie erfüllt mich mit einer friedvollen Ruhe, die ich lange nicht mehr verspürt habe.« Jeglicher Humor in der Stimme war verschwunden.

»Stella. Ich bin Stella«, verriet sie ihren Namen, nur um seine Augen wieder lächeln zu sehen.

3

Frühjahr 1943

Die Tage wurden länger und die Nächte kürzer. Amadeo konnte sich nicht des Gefühls erwehren, seine Zeit im Ausbildungsregiment mit Spielereien zu verschwenden. Während anderswo Landsleute ihr Leben im Kampf verloren, stapfte er mit einigen seiner Kameraden als Spähtrupp durch die hügeligen Weiten der noch schlafenden Sonne entgegen. Ausgerechnet in einer der stillsten Ecken des Landes. Ohne genau sehen zu können, wohin die Füße ihn trugen, folgte Amadeo dem Offizier entlang einer Baumlinie, die von ihrem Quartier, einer heruntergekommenen Klosteranlage, bis zur nächsten Ortschaft führte.

»So lasse ich mir den Krieg gefallen«, sagte jemand vor ihm und begann ein Lied zu pfeifen.

»Gewöhn dich besser nicht dran«, rief Montesi. »Es heißt, wir werden bald versetzt. Der Duce braucht fähigen Nachschub.«

»Der ist ohnehin am Ende«, murmelte Amadeo. Er verfolgte kopfschüttelnd das Gerede der beiden, die vor ihm in der Dämmerung zu gesichtslosen Schatten verschwammen. Montesis Tonfall ließ keinen Platz für Zweifel. Der war überzeugter Faschist. Der andere war ein Einfaltspinsel, der sich die Welt malte, wie sie ihm am besten gefiel.

»Hey, De Luca«, krakeelte Montesi prompt. »Warum so still? Keine Lobeshymne auf den Duce?«

»Als fähiger Nachschub schweige ich während dieses Einsatzes. Ihr seid dermaßen laut, ihr weckt ja noch die Wildscheine«, antwortete Amadeo. Er war froh, dass Montesi sein Gesicht nicht sehen konnte. Ihm hatte eine ganz andere Antwort auf den Lippen gelegen.

Gerüchte von einem kriegsmüden Italien waberten wie Frühnebel über die Hügel. Amadeo hatte noch nie etwas auf Gerüchte gegeben, wünschte sich aber, sie würden sich bewahrheiten. Sobald der Nebel sich gelichtet hatte, würde die Wahrheit für alle sichtbar sein.

»Mehr Patriotismus bitte! Ein Hoch auf den Duce!«, forderte Montesi lautstark.

Amadeo hätte ihm die Wahrheit am liebsten vor die Füße geworfen. Wie viele andere überließ Montesi das eigene Denken Mussolini und war geblendet vom versprochenen Glanz. Amadeo war nicht blind. Weder für das ausbleibende Kriegswunder noch die katastrophale Versorgungslage. Beides ließ die anfängliche Bewunderung seiner Landsleute für den Duce schmelzen wie Schnee in der Frühlingssonne. Mit jedem Tag mehr. Amadeo hielt es für sicherer, sich schweigend durch den Gerüchtenebel zu tasten und die Ohren offen zu halten. Gerüchte sorgten für erhitzte Gemüter und Unsicherheiten. Und sie riefen immer mehr Partisanen auf den Plan.

Was Amadeo über die Partisanen gehört hatte, zeugte von Mut und Übermut gleichermaßen. Von ungebeugter Kraft und Dunkelheit in ihren Seelen.

Er dachte an Stella. Sie war sein Licht. Solange sie strahlte, würde er sich um Dunkelheit keine Sorgen machen müssen. Wenn sie sich beide nachts bei der Bank auf dem Hügel trafen, geborgen im Schutz der Zypressen und von den Sternen behütet, wusste er, dass er den Krieg um jeden Preis überleben musste. Was er dazu brauchte, waren geschärfte Sinne, frei von Angst und Sorge. Schon gar nicht durfte er sich dem Gedanken hingeben, dass ihr etwas zustoßen könnte. Stella hatte es verdient, glücklich zu sein. Vorzugsweise mit ihm.

4

Sommer 1943

Stellas Herz drohte unter ihrem Geheimnis mit dem ehrlichen Lächeln und den Augen voller Versprechen zu platzen. Bei jeder ihrer Begegnungen hatten sie mehr über den anderen erfahren. Für Stella stand fest: Er war der Eine.

»Ich habe da jemanden kennengelernt«, beichtete sie ihrer Schwester auf dem Weg zur sonntäglichen Messe.

Marinella stoppte und stellte sich Stella in den Weg.

»Du wirst dich doch nicht…?«

»Oh nein, was redest du!«

»Nicht, was du denkst. Um dein Höschen mache ich mir die wenigsten Sorgen.« Wie gewohnt nahm Marinella kein Blatt vor den Mund. Anstelle des Frohsinns trat eine Traurigkeit in ihre Augen, die sie nicht erklären musste. »Du wirst dich doch nicht verliebt haben, wollte ich sagen. Pass gut auf dein Herz auf.«

»Mein Höschen ist bis zur Hochzeitsnacht sicher«, sagte Stella und spürte, wie ihre Wangen glühten. »Was mein Herz angeht, kommt meine Beichte wohl zu spät.«

Plötzlich fand sich Stella in Marinellas Armen wieder, die sie fest umschlungen hielten. Erst zögerlich, dann immer mutiger schüttete Stella ihrer älteren Schwester das Herz aus.

»Wenn ich könnte«, sagte Marinella nach einer Weile, »dann würde ich dich vor all den schlaflosen Nächten bewahren, die uns die Liebe in Zeiten wie diesen einbrockt.«

Stella wusste, wovon Marinella sprach, bangte diese doch jeden Tag aufs Neue um ihren Verlobten.

»Das wünsche ich nicht einmal der unfreundlichen Isabella vom Nachbarhof«, sagte Marinella etwas fröhlicher. »Und schon gar nicht dir, du mein liebenswertes Schwesterchen.«

Das Rauschen in Stellas Ohren schwoll an, bis es in plötzlicher Stille endete. Der Pfarrer hatte gerade ein Gebet für die jungen Soldaten des Ausbildungsregiments gesprochen und sie für ihren baldigen Marschbefehl gesegnet. Stella glaubte, vor Schmerz in ihrem Brustkorb nie wieder atmen zu können. Amadeo musste den Krieg überleben. Eine andere Option für sie gab es nicht.

* * *

Über sich den Himmel voller Sterne und das Glück neben sich in seinen Armen ließ Amadeo Stellas offenes Haar durch seine Finger rinnen.

Er brannte darauf, endlich in den echten Krieg zu ziehen, um ihn für Stella und alle anderen zu beenden. Das war der einzige Grund, sich dem verdammten Feind im Kampf zu stellen. Noch vor wenigen Monaten wäre ihm nichts einfacher gefallen als das. Bis ihm auf jener Anhöhe dieses bezaubernde Mädchen über den Weg gelaufen war. Seitdem war sie zu seinem Tag und seiner Nacht geworden, zu seiner Sonne und seinen Sternen. Er wollte sie für immer in seinem Leben wissen. Seine Familie, allen voran seine Mutter und seine kleine Schwester, würden ihn zu seiner Wahl beglückwünschen. Er malte sich ihre Gesichter aus, wenn er nach dem Krieg mit Stella an seiner Seite heimkehren würde.

»Amadeo, wo bist du mit deinen Gedanken?«

Ihm war gar nicht aufgefallen, dass seine Hand das Liebkosen eingestellt hatte. Er könnte sie dasselbe fragen. Sie war an diesem Abend ungewohnt schweigsam. Sein Entschluss stand fest. Er erhob sich und ging gleich darauf vor ihr in die Knie. Stellas Hände in seinen haltend, versank er in den Tiefen ihrer Augen.

»Wir haben nie über die Zeit nach dem Krieg gesprochen.«

Er war zu keiner Zeit ein großartiger Redner gewesen. Dieses eine Mal musste er die richtigen Worte finden.

»Mit jeder unserer Begegnungen wollte ich eine weitere. So viele an der Zahl, dass sie sich zu einem einzigen gemeinsamen Leben verweben.«

Amadeo räusperte sich.

»Du besitzt mein Herz. Und nenn' mich eingebildet, ich denke, ich besitze auch deines.«

Sein Blick hielt ihren immer noch fest. Tränen fluteten längst Stellas Augen und rannen über ihre Wangen. Amadeo hatte sie zum Weinen gebracht und wollte sie dabei nur glücklich sehen.

»Stella. Ich liebe dich. Willst du meine Frau werden?«

Er umfing ihr Gesicht mit beiden Händen und wischte mit den Daumen sanft die Nässe fort.

»Ja«, flüsterte Stella und lächelte unter Tränen. »Ja, ich will! Ich will!«

»Das genügt mir vollkommen«, sagte er und begann, eine kleine Melodie zu summen.

5

10. August 1943

Stella saß auf der obersten Stufe vor der Kirche und wartete seit einer Stunde auf Amadeo. Sie wollten in dieser Nacht des San Lorenzo gemeinsam nach Sternschnuppen Ausschau halten und ihre Wünsche ins Universum schicken. Anstatt Vorfreude nahm eine Unruhe der schlechten Sorte von ihr Besitz. In den vergangenen Tagen drehten sich die Gespräche unter den Dorfbewohnern um die Landung der Alliierten auf Sizilien und die Verhaftung Mussolinis. Fragen, die aus Angst hinter vorgehaltener Hand gestellt wurden, suchten nach ihren Antworten. War der Krieg für Italien endgültig verloren? Wie würden die deutschen Verbündeten reagieren? Was hatten die Alliierten vor?

Stella schämte sich beinah, lautete die für sie wichtigste Frage von allen, was diese neue Situation für Amadeo bedeutete.

Damit ihr von all den Fragen nicht schwindelig wurde, konzentrierte sie sich auf die Sterne über sich und die Musik der Zikaden. Ihr scheinbar endloses Repertoire hatte etwas Beruhigendes an sich.

»Du bist noch hier«, sagte Amadeo ganz außer Atem. »Ich hatte befürchtet, dich verpasst zu haben.«

Die Tonlage seiner Worte verunsicherte Stella. Erst als er sich vor sie hinhockte und ihr geradewegs in ihre Augen sah, war alle Unsicherheit verflogen. Was immer auch das

Schicksal für sie beide bereithalten würde, mit ihm in ihrem Herzen würde sie alles überstehen.

»Du musst fort.«

Sein Schweigen füllte ganze Bände.

»Und was wird dann aus unseren Träumen?«, fragte Stella. »Die träumen wir so lange weiter.« Amadeo strich ihr eine verirrte Haarsträhne aus dem Gesicht. »Bis auf einen. Komm!«

Seine Worte und die Hand, die er ihr darbot, weckten ihre Neugier. Er führte Stella zum Kirchenportal und schlug mit der Faust dreimal dagegen. Durch die Holztür drang deutlich das Geklapper eines schweren Schlüsselbundes.

»Wir hätten den Pfarrer nicht stören dürfen«, flüsterte Stella, als ein Schlüssel ins Schloss gesteckt wurde.

»Es ist alles in Ordnung. Hab ein wenig Geduld«, flüsterte Amadeo zurück.

Die Tür öffnete sich einen Spalt und Pfarrer D'Angelos Gesicht kam zum Vorschein. Mit eindeutiger Geste bat er beide hinein, nicht ohne gleich hinter ihnen die Tür wieder zu verriegeln. Wann und wie oft Stella die kleine Kirche schon betreten hatte, vermochte sie nicht zu sagen. Nur eines wusste sie mit Bestimmtheit. Diesen Besuch mit Amadeo würde sie an einen ganz besonderen Platz in ihren Erinnerungen aufbewahren. Wie gebannt stand Stella am Eingang und horchte in sich hinein. Ehrfurcht hatte sie unter dem einfallenden Licht der Kuppel immer empfunden. Diesmal breitete sich eine unerklärliche Leichtigkeit in Stella aus. Sie betrachtete die brennenden Kerzen an den Säulen und zu beiden Seiten des Ganges, die zu ausgewählten Messen angezündet wurden. Ihre tänzelnden Flammen malten federleichte Schatten an die Wände und auf den Boden. Als sie den Pfarrer in seiner Robe neben dem Altar gewahr wurde, griff sie nach Amadeos Hand und drehte sich zu ihm.

»Nehme mir mein Wagnis bitte nicht übel«, raunte er Stella zu. »Du bist meine Sonne, meine Sterne, mein Leben. Erweist du mir die Ehre? Hier und jetzt?«

Stellas Herz lief vor Glück über. »Mein Jawort gehört dir. Zu jeder Zeit.«

Sein erleichtertes Lachen und das Pochen ihres Herzens vermischten sich zu einem Klang, von dem Stella nicht genug bekommen konnte. Amadeo bot ihr seinen Arm und geleitete sie ruhigen Schrittes zum Altar. Pfarrer D'Angelo trat mit der Bibel in der Hand vor die beiden.

»Sehe ich in eure Augen, sehe ich in eure Herzen.

Welche Nacht wäre besser zur Erfüllung eures Wunsches geeignet als die des San Lorenzo mit ihren unzähligen Sternschnuppen?«, sagte der Pfarrer andächtig und schaute von Amadeo zu Stella. Als beide nickten, sprach er weiter.

»Wir haben uns heute hier eingefunden, um Stella Maria Manchini und Amadeo De Luca vor dem Angesicht Gottes in den heiligen Bund der Ehe treten zu lassen.

Amadeo De Luca, ich frage dich: Bist du hierhergekommen, um nach reiflicher Überlegung und aus freiem Entschluss mit deiner Braut Stella den heiligen Bund der Ehe zu schließen? Willst du sie lieben und achten und ihr die Treue halten alle Tage ihres Lebens? So antworte mit Ja.«

Mit leuchtenden Augen und dem Lächeln, das so typisch für ihn war, sah Amadeo sie an. »Ja«, antwortete er mit fester Stimme.

Es war ein kleines Wort aus zwei Buchstaben und dennoch kam es Stella in diesem Augenblick vor, als würde er mit diesem einzigen Wort einen unerschütterlichen Schwur ablegen.

Der Pfarrer räusperte sich. »Ich unterbreche euch ungern. Doch die Sperrstunde macht nicht vor Gottes Toren halt.«

Stella wandte sich dem Pfarrer zu, der die gleichen Fragen auch an sie richtete. Sie spürte nach wie vor Amadeos Blick auf sich ruhen und hätte schwören können, dass er seinen Atem anhielt.

»So antworte mit Ja«, sagte der Pfarrer.

»Ja, ich will«, brachte Stella hervor.

»Dann, oh Herr, segne diesen Ring und verbinde die beiden in Liebe und Treue. Amen.« Mit diesen Worten segnete der Pfarrer das junge Paar und übergab sie der Obhut Gottes. Die Trauung in dieser Nacht und des Pfarrers stilles Einverständnis, das Geheimnis zu hüten, waren das schönste Hochzeitsgeschenk, was sich Stella hätte wünschen können.

* * *

»La Notte di San Lorenzo wird von heute an immer unsere Nacht sein.« Amadeo hatte Stella auf die Militärjacke gebettet, und betrachtete seine Braut voller Liebe.

»Du musst mir versprechen, immer wieder zu mir zurückzukommen. Hörst du?«, forderte Stella.

Die Sorge hinter ihren Worten bedrückte ihn. Er würde tun, was immer in seiner Macht stand.

»Ich verspreche es nicht nur, ich schwöre es dir sogar. Wenn du mich vermisst, schau zu den Sternen. Über sie werden wir immer verbunden bleiben. Wo wir auch sein mögen.« Amadeo tupfte schmetterlingszarte Küsse auf jeden einzelnen ihrer Finger und schließlich auch auf den Ring an ihrer Hand. »Dieser Ring hat meiner Familie immer Glück gebracht. Meine Mutter gab ihn mir zum Abschied, damit mich das Glück nicht im Stich lassen würde.« Ein weiterer Kuss auf den Ringfinger folgte.

»Und wie du siehst, es hat funktioniert«, sagte Stella schmunzelnd. »Das Glück hat dich auf dieser Bank gefunden.«

Amadeo hatte weder Augen für die Bank, den Ring noch für die Sterne. Er nahm einzig seine Braut wahr, tauchte in die Tiefen ihrer Seele ein und berührte ihr Herz. Beide Augenpaare hielten einander derart fest, als hätten sie um nichts in der Welt vor, sich je wieder loszulassen. Als sich ihre Lippen berührten, lag ein Versprechen in diesem Kuss, das mit den Sternen als Zeugen für immer Bestand haben würde.

* * *

»Es ist, als würden wir durch einen schönen Traum reisen«, flüsterte Stella.

»Ich liebe dich, Stella Maria De Luca. Und das, meine Liebste, ist alles andere als ein Traum.«

Stellas Kopf lag auf seiner Brust, die sich gleichmäßig hob und senkte. Ebenso gleichmäßig glitten seine Finger durch ihr Haar. Himmel, wie sie diese Geste liebte. Sie lauschte seinem Herzschlag. Nie zuvor hatte sie sich derart frei und schwerelos gefühlt. Nie zuvor so traurig. Stellas Augen füllten sich zum wiederholten Male mit Tränen. Sie hatten sich heimlich trauen lassen. Ob Stellas Familie ihr das jemals verzeihen könnte, wusste sie nicht. Und trotzdem, sie würde diese Entscheidung immer wieder treffen.

»Amore, es ist an der Zeit.« Amadeos Stimme schlich sich flüsternd in ihren Traum. Vor genau diesen Worten hatte sie sich gefürchtet. Zu gern hätte sie die Zeit angehalten. Genau jetzt. Es half nichts. Manche Sternschnuppenwünsche brauchten etwas länger, um in Erfüllung zu gehen.

6

Herbst 1943

Amadeo und seine Kameraden saßen beim abendlichen Essenfassen. Appetit hatten die Wenigsten. Zu schwer lagen ihnen die Neuigkeiten im Magen, die der Leutnant beim Sonderappell verkündet hatte.

Die Landung der Alliierten im Sommer hatte Amadeo erahnt, den verkündeten Waffenstillstand mit ihnen ebenso erhofft wie Mussolinis Absetzung und Verhaftung. Die Bombe aber, welche die italienische Führung heute hatte platzen lassen, wäre ihm im Traum nicht eingefallen. Italien hatte Deutschland den Krieg erklärt.

»Feiges Lumpenpack!«, fluchte Montesi und donnerte mit der Faust auf den Tisch. Der Glanz in seinen Augen hatte etwas Wahnsinniges an sich. »Das lassen Mussolini und Hitler denen niemals durchgehen.«

»Die sind so dicke miteinander«, sagte der Speichellecker Fabbri und verschränkte dabei Zeige- und Mittefinger miteinander. »Nicht umsonst hat Hitler unseren Duce vor Wochen befreit.«

Einige an den Tischen brummten ihre Zustimmung. Andere löffelten die Suppe mit einem Mal in sich hinein, als ob sie nie etwas Besseres gegessen hätten. Die wenigsten wollten die Aufmerksamkeit von Montesi und seinem Gefolge.

Eine böse Vorahnung packte Amadeo. Er hatte gehört, mit welcher Brutalität die deutsche Wehrmacht gegen Feinde vorging und was Juden drohte, die in ihre Hände gerieten. Seine Einheit war in Norditalien stationiert, umgeben von Deutschen.

Amadeo zuckte innerlich zusammen, als ein Stiefel hart gegen sein Schienbein stieß.

»Komm zu dir«, mahnte ihn Silenzio. »Ich kann ja fast hören, was dir im Kopf umgeht.«

Normalerweise gelang es Amadeo gut, seinen Unmut vor den anderen Kameraden zu verbergen, da dieser ihm das Leben kosten könnte. Er hatte Stella geschworen, zu ihr zurückzukehren und hatte vor, sich daran zu halten. Bei dem Gedanken an die wundervolle Frau, die seinen Ring am Finger trug, bogen sich seine Mundwinkel wie von selbst leicht nach oben. Erinnerungen an ihr Urvertrauen, als sie ihm vor Gott das Jawort und in der Hochzeitsnacht so viel mehr schenkte, ließen alles andere für einen kurzen Moment in den Hintergrund treten. Irgendwann war Stella tief und fest in seinen Armen eingeschlafen. Ihm war nicht entgangen, dass sie um jeden Preis versucht hatte, die Augen offen zu behalten. Vorsichtig, um sie nicht zu wecken, hatte er ein Foto aus seiner Gesäßtasche gezogen und es ihr heimlich zugesteckt. Es war ein Schnappschuss, der ihn kurz vor seiner Einberufung zeigte. An seine Widmung, die er auf der Rückseite für Stella niedergeschrieben hatte, würde er sich halten.

7

Frühjahr 1944

Hatte Amadeo geglaubt, in diesem Krieg könnte ihn nichts mehr erschüttern, wurde er Anfang April eines Besseren belehrt.

Sein Blick folgte den davonfahrenden Lastwagen, auf dessen Ladeflächen sich dicht an dicht Gefangene drängten. Selbst, als die Nacht die Silhouette des letzten Fahrzeuges restlos verschluckt hatte, starrte er weiter in die Dunkelheit. »Diesem räudigen Mistpack haben wir's gezeigt!«, grölte Montesi und klopfte seinen umherstehenden Kumpanen auf die Schultern.

Die anderen der Einheit rissen ihre Gewehre in die Höhe und johlten ob ihrer gerade begangenen heroischen Taten.

Amadeo nahm das nur am Rande wahr. In seinen Ohren hallten das Flehen und die Schreie des angeblichen Feindes so real wider, als stünde er immer noch direkt vor ihm auf der Piazza.

Der Druck in seinen Lungen drohte ihn von innen heraus zu zerreißen. Einzig sein Versprechen an Stella hielt ihn davon ab, nicht auf Montesi zuzustürmen und ihm die Faust ins Gesicht zu rammen.

Der befehlshabende Offizier hatte den Einsatzplan kurz vor dem Ziel mitgeteilt. Bandenbekämpfung. Einhergehend mit der Evakuierung des Ortes, dessen Bewohner den

Abtrünnigen des Regimes Unterschlupf gewährt hatten. Greise, Frauen, Kinder.

Amadeo hatte niemanden retten können. Nie wieder würde er tatenlos zusehen.

»Bei Gott De Luca, du Idiot!« Einmal mehr war es Silenzio, der ihn wachrüttelte. »Geht's nicht noch offensichtlicher?«

»Ich kann das hier nicht.« Amadeo brachte zum ersten Mal die Worte zum Ausdruck, die schon länger in seinem Kopf umherschwirrten. »Ich muss was unternehmen. Ich muss.«

Silenzio schwieg und nickte schließlich. »Werden wir. Und dazu müssen wir vor allem eines. Am Leben bleiben.«

»Ich schließe Sie in meine Gebete mit ein. Sie sind ein guter Mensch, ein wahrer Held.« Das Mütterchen bekreuzigte sich und zog die beiden Jungs zurück in die Tiefe ihres Verstecks. Amadeo konnte nicht einmal mehr seinem eigenen Spiegelbild in die Augen blicken. Nein, er war ganz sicher nicht der Held, für den sie ihn hielt. Denn wäre er einer, hätte er das gesamte Höllenkommando längst in die Luft gejagt. Allen voran Montesi samt seiner Anhänger. Er hatte vor Monaten die Vergeltungsmaßnahmen an Zivilisten miterlebt, ohne dass er sie hätte verhindern können.

Seither halfen er und Silenzio auf ihre Weise.

Im Geschoss unter ihm vernahm Amadeo das Gebrüll der anderen und ihr schweres Schuhwerk. Er musste dringend vom Dachboden.

»Sauber!«, rief Amadeo laut genug und schloss die Lucke.

* * *

Montesi musterte De Luca, sah zur Bodentür und wieder zu ihm. Er wusste, dass er selbst nicht zu den schlausten Köpfen der Kompanie zählte. Dafür witterte er die Gegner des Duces kilometerweit gegen den Wind. Und aus De Lucas Richtung stank es widerlicher als aus Fabbris arschleckender Schnauze. Und De Lucas Schatten Silenzio, ein komischer Kauz. Der stank auch.

Seit dem Ausbildungslager hegte Montesi einen leisen Verdacht gegen De Luca, der nach und nach immer lauter geworden war. Nach der ersten Säuberungsaktion hatte Montesi De Luca nicht aus den Augen gelassen. Der hatte in keinster Weise die Begeisterung über den Erfolg des Einsatzes mit den Kameraden geteilt.

»Schneller! Schlaft nicht ein!« Das Bellen des Capitano hallte durchs Haus.

Montesi würde De Luca schon noch kriegen. Und dann würde er ihn zermalmen. Mit seinen eigenen Händen zerquetschen wie Ungeziefer. Wieder sah er zur Bodenluke. Etwas Zeit blieb ihm noch.

8

10. *August 1944*

Es war die Nacht des San Lorenzo und Stellas erster Hochzeitstag. Und nur drei Menschen wussten um das Geheimnis dieses Tages.

»Irgendetwas bedrückt dich, mein Kind. Ich weiß nicht was, der Krieg allein ist es nicht«, sagte ihre Mutter und schaute Stella aus klugen Augen an. Stella wich dem Blick aus. Sie traute sich nicht, von Amadeo zu erzählen.

»Weißt du Stella, gerade wenn die Welt über uns zusammenzustürzen scheint, darf man niemals den Glauben daran verlieren, dass alles wieder gut werden wird.«

Stella bewunderte sie für deren Zuversicht. Doch ab und zu, wenn sich ihre Mutter unbeobachtet wähnte, wirkte selbst sie ganz so, als wäre ihr der Glaube an ihre eigene Weisheit abhandengekommen.

»Es ist nichts im Vergleich zu den Sorgen anderer. Ich möchte die Nacht des Heiligen Lorenzo nicht eingesperrt sein«, sagte Stella.

Die Mutter strich über ihre Schulter. »Dann geh. Geh, aber sei vorsichtig! Du weißt, mit der Sperrstunde spaßen die nicht«, mahnte sie und schob Stella sacht in Richtung Hintertür.

»Ich weiß. Ich bleibe ganz in der Nähe.«

Zum ersten Mal suchte Stella nicht ihren verborgenen Platz in dieser besonderen Nacht auf. Sperrstunde war neben Fliegeralarm eines der Worte, die ihr Unwesen trieben. Wenn der Krieg vorbei war, würde sie beide aus ihrem Sprachschatz streichen.

Mit dem Rücken saß sie an die Steinmauer gelehnt und hielt Ausschau nach den Sternen. Irgendwo würde Amadeo dieselben Sterne betrachten. Ein schöner Gedanke in schwierigen Zeiten. So viele Sternschnuppen, wie in diesem Jahr auf die Erde niederregneten, hatte Stella zum letzten Mal vor gefühlten Ewigkeiten erlebt. Sie war sich sicher, dass sich die Wünsche und Gebete in diesen Kriegszeiten alle ähnelten. Überleben. Einfach überleben. Mit jeder neuen Sternschnuppe schickte sie ein und denselben Wunsch gen Himmel.

Von der Wildhecke her vernahm sie ein Knacken. Diesen Landstrich teilten sich die Menschen seit jeher mit allerlei Getier. Stella umschloss den Schaft ihrer Beretta, ohne die sie keinen Schritt machte. Das Hämmern ihres Pulses im Ohr, erhob sie sich langsam. Vor dem Krieg hätte sie nächtlichen Geräuschen nicht auf diese Weise ihre Aufmerksamkeit geschenkt. Es knackte erneut im Unterholz. Stella ließ die Richtung, aus der die Töne kamen, nicht aus den Augen. Sie entsicherte die Waffe. Rascheln und Knacken kamen näher.

»Ich bin's.« Stella erkannte die vertraute Stimme ihrer Schwester. Marinella lief ihr entgegen und ließ sich in Stellas Arme sinken.

»Wo kommst du denn her, um Himmelswillen?«, fragte Stella.

»Von Gustavos Familie. Es heißt, er sei schwer verwundet. Er liegt in einem Lazarett. Irgendwo in Afrika.« Marinella schnäuzte in ihr Taschentuch. »Ich weiß nicht, was ohne ihn aus mir werden soll«, brachte sie, unterbrochen von Schluchzern, hervor.

Stella strich immer wieder über Marinellas Rücken und wiegte ihre Schwester mit ruhigen Bewegungen hin und her.

»Dein Gustavo ist stärker als ein Bär«, flüsterte Stella. Es bereitete ihr große Mühe, ihrer Stimme die nötige Hoffnung zu verleihen. »Er wird gesund zu dir zurückkehren.« Damit hatte Stella jenen Satz ausgesprochen, den sie in Gedanken immer und immer wieder vor sich herbetete. Er war zu ihrem Hoffnungsstrahl geworden, an den sie sich klammerte. Amadeos letztes Lebenszeichen lag über Monate zurück. Es hatte den Weg aus Norditalien zu ihr gefunden, wo die Schergen Mussolinis Hand in Hand mit den deutschen Faschisten kooperierten. Doch nicht allein aus diesem Landstrich machten Gräueltaten die Runde.

»Wir brauchen jede Menge Sternschnuppen«, sagte Marinella.

Stella nickte, denn der Kloß aus Sorge um Amadeo verhinderte jedes weitere Wort. So schön die Erinnerungen an Nächte voller Glück waren, so tief war der Schmerz, den sie in sich trugen. Stella musste ihre Schwester auf andere Gedanken bringen. Sie löste sich von Marinella.

»Kannst du ein Geheimnis für dich bewahren?«, fragte Stella.

Marinella wischte sich die Tränen aus den Augen. »Natürlich.«

9

Winter 1944

Rückblickend hätte Amadeo längst tot sein können. Wenn nicht sogar müssen.

Wie ein nimmersattes Ungeheuer verschlang die Dunkelheit den Lastwagen, der sich die steilen Serpentinen des Gebirgspasses hinaufkämpfte. Das wenige Licht, das durch die zwei schmalen Querschlitze der zugeklebten Scheinwerfer auf die Straße fiel, konnte kaum etwas gegen die Schwärze der Nacht ausrichten. Hin und wieder gaben die kargen Äste der Baumkronen ein Stück vom Nachthimmel frei, der von den meisten unbemerkt über und über mit Sternen besetzt war. Amadeo zählte nicht zu den meisten. Nicht zum ersten Mal hatte der Sternenhimmel ihn in Gedanken zu Stella gebracht. Er konnte die Sehnsucht nach ihr fast mit beiden Händen greifen. Stella war es, die ihn durch jeden Kriegseinsatz geleitet hatte. Für sie hatte er bisher alle Widrigkeiten überstanden.

Mit jeder Bodendelle schürfte die Fessel, die Amadeo an seinen Nebenmann kettete, schmerzhaft über die bloßen Knöchel. Hatte Amadeo heute früh noch gedacht, die Ladefläche des Lastwagens sei voll, erkannte er bei jedem Zwischenstopp, wie falsch er damit gelegen hatte. Eingepfercht wie Vieh auf dem Weg zum Schlachthof wurden immer mehr Gefangene auf den

Lastwagen geschoben. Weitere Todgeweihte, sollte kein Wunder geschehen.

Die Dezemberkälte fraß sich unter das, was von Amadeos Kleidung übriggeblieben war. Temperaturen weit unter dem Nullpunkt hatten seine Gliedmaßen erstarren lassen. Nach der langen Fahrt spürte er sie kaum noch. Er schlug den Kragen seiner für die Jahreszeit viel zu dünnen Jacke hoch und rieb die Hände aneinander. Seine Augen brannten und Müdigkeit drückte auf die Lider. Nicht einschlafen, mahnte er sich, auf keinen Fall einschlafen. Stella, sein Licht. Für sie musste er überleben. Sein Schwur ihr gegenüber sollte kein leeres Gerede gewesen sein.

»Eh! De Luca! Schönheitsschlaf beenden!« Montesi rammte ihm mit dem Gewehrkolben in die Seite. Seine Fratze tauchte vor Amadeos Gesicht auf. Die wulstige Narbe, die quer über Montesis Antlitz verlief, zeigte äußerlich den Teufel, der er innerlich war. Amadeos Augen blitzten auf, als er an den Grund der Narbe dachte.

»Du erinnerst dich«, knurrte Montesi. »Sieh sie dir genau an, solange du noch kannst.«

Amadeo hieß die neu entfachte Wut in sich willkommen, denn er schöpfte er die letzten Funken Kraft aus ihr. Interessiert nahm er die Umgebung wahr. Im Hintergrund erkannte er mehrere leere Lastwagen. Ein Strom aus Gefangenen floss in aneinandergeketteten Zweiergespannen vom Schotterplatz in die bewaldeten Hügel.

Schüsse zerrissen die Stille der Nacht.

»Genug gegafft!«, brüllte Montesi, ein Musterexemplar der Schwarzhemden. »Runter hier!« Erneut stieß er mit dem Gewehrkolben zu. Diesmal in Amadeos Magen.

»Wir sehen uns in der Hölle,« brachte Amadeo hervor und übergab sich auf Montesis Uniform.

»Soldat!«, dröhnte eine Stimme, die Lawinen hätte in Gang setzen können. »Wenn das Schwein vorher krepiert, trägst du es eigenhändig bis zum Zielpunkt!«

Montesi nahm Haltung an, bis sein Vorgesetzter sich wieder abgewandt hatte. »Das letzte, was du hören wirst«, zischte er Amadeo zu, »wird mein Schuss sein, der dein Ende bedeutet.«

10

10. August 1987

»Kinder, wo bleibt ihr? Der Fotograf steht für die Fotos bereit.«

Ein kräftiger Bass holte Stella aus der Vergangenheit zurück. Die Stimme gehörte zu einem hochgewachsenen älteren Herrn mit vollem Haar. Selbst von weitem strahlte er den jungenhaften Charme und diese seltsame Vertrautheit aus, die den Männern dieser Familie eigen zu sein schien.

»Ja Onkel, wir sind schon auf dem Weg«, rief Matteo ihm zu.

»Geht Kinder, geht. Geht und macht eure Fotos. Wir haben nachher noch Zeit.« Stella schickte das Brautpaar in Richtung des Onkels. Sie kam nicht umhin, den weiteren Wortwechsel zwischen Matteo und diesem mitanzuhören.

»Matteo, du weißt, wenn mich deine Großmutter um etwas bittet, bin ich verloren«, sagte der Onkel.

»Ich bin mir sicher, sie hätte es überlebt«, erwiderte Matteo gut gelaunt. »Giulietta wollte vorher noch ihre Patentante begrüßen. Diesen Wunsch konnte ich ihr unmöglich abschlagen.«

»Frauen, mein Junge«, raunte der Onkel Matteo deutlich vernehmbar zu und legte ihm dabei eine Hand auf die Schulter, »sie wickeln dich um den kleinen Finger, noch eh du's merkst.«

* * *

Das Landgut für die Feierlichkeiten war früher einmal eine Klosteranlage gewesen. Giulietta war sich sicher, die damit einhergehende Stille geradezu spüren zu können. Sie lehnte in Matteos Armen und wusste gar nicht, wohin mit all dem Glück, das sie fühlte. Von ihrem Sitzplatz am Kopfende der langen Tafel überblickte sie die weitläufige Hügellandschaft, die das Landgut umgab. Wenn sie die Augen ein wenig zusammenkniff, konnte sie in der Ferne sogar die Kuppel der Kirche erkennen, in der sie heute Vormittag getraut wurden. Die gleiche Kirche, in der sich auch ihre Eltern und Großeltern das Jawort gegeben hatten. Sie betrachtete ihre Großeltern, die händchenhaltend eine leise Unterhaltung mit Tante Stella führten. Die Liebe ihrer Großeltern hatte schwierige Zeiten überdauert. Großmutter Marinella hatte ihr einmal erzählt, dass sie Großvater Gustavo erst drei Jahre nach Kriegsende wieder in die Arme schließen durfte. Kriegsgefangenschaft in Afrika. Tante Stella hingegen hatte nie ein Wort über die Kriegsjahre verloren.

* * *

Die Gespräche der Gäste ebbten ab und verstummten ganz, als jemand sein Glas zu einem Toast erklingen ließ. Stella drehte sich zu dem Geräusch um. Sie entdeckte Matteo, der am Kopf der Tafel stand, in die Runde blickte und schließlich zu sprechen begann.

»Ich weiß, ihr wartet schon ungeduldig auf das Festmahl. Das wird auch gleich serviert. Lasst mich euch vorher dafür danken, dass ihr meine Braut und mich heute auf den Weg in unser gemeinsames Leben begleitet.«

Beifall ertönte.

»Ich möchte mich bei meiner Familie bedanken, vor allem bei …«

»Jetzt zähle bloß nicht jeden auf, sonst verhungern wir am Ende noch!«, rief sein Cousin Leonardo und sorgte für Gelächter.

»Ein wenig Verzicht stünde dir ganz gut«, erwiderte jemand lachend aus einer anderen Ecke.

»Keine Sorge, Leonardo. Gib mir drei Minuten«, bat Matteo.

»Für deine Frau nimmst du dir hoffentlich mehr Zeit!«

Weiteres Gelächter folgte.

»Emilio! Auch in deinem Alter wasche ich dir deinen Mund mit Seife aus!«, maßregelte ihn vermutlich dessen Mutter mit spaßigem Unterton.

Stella schmunzelte. Sie liebte diese familiären Nettigkeiten und wartete neugierig ab, bis die Gäste mit den Scherzen fertig waren. Matteo allem Anschein nach ebenso. Zu wichtig schien ihm das zu sein, was er sagen wollte.

»Ihr wisst, ich bin kein großartiger Redner. Doch wenn mir etwas wichtig ist, schaffe selbst ich mehrere zusammenhängende Sätze.«

Erheitertes Gelächter der Gäste pflichtete ihm bei.

»Wie gesagt, ich möchte mich bei meiner Familie bedanken. Sie hat mich mit einem niemals versiegenden Quell an Lebensweisheiten zu dem Mann werden lassen, der es tatsächlich geschafft hat, diese bezaubernde Frau für sich zu gewinnen.«

Abermals erklang zustimmendes Gemurmel aus den Reihen. Stella ging das Herz auf, als sie bemerkte, wie Matteos Blick zu Giulietta glitt, die neben ihm saß und ihm ein glückliches Lächeln schenkte.

»Manche dieser Lebensweisheiten habe ich als Kind verstehen können. Andere erst als Heranwachsender.«

Matteo umschloss behutsam Giuliettas Hand.

»Der Sinn einer ganz bestimmten erschloss sich mir erst in dem Moment, als ich zum ersten Mal meiner Braut begegnet bin.«

Die Blicke der Gäste ruhten auf dem Bräutigam.

»Diese eine, besondere Weisheit legte mir ein Mann nahe, der mich neben meinen Eltern und Großeltern am meisten geprägt hat. Es ist kein Geheimnis, ich hatte zu dem jüngsten von Großmutters Brüdern immer aufgesehen. Jedes seiner Worte hatte ich wie ein Schwamm aufgesogen. Zu gern hätten Giulietta und ich den heutigen Tag mit ihm geteilt.«

Stella folgte Matteos Blick und erkannte, dass Tränen in den Augen seiner Großmutter glitzerten.

»Verzeih, Großmutter. Ich wollte dich nicht traurig stimmen. Du wirst verstehen, dass es mir ein starkes Bedürfnis ist, ihn zumindest in Gedanken als Gast auf unserer Hochzeit zu begrüßen. Auch wenn das Leben dazwischengekommen ist und ihn heute abgehalten hat.«

Matteo wandte sich wieder an seine Gäste.

»Wisst ihr, er sagte mir einmal ‚Hör auf dein Herz! Halt deine Versprechen! Hege immer Hoffnung!‘«

Matteo räusperte sich.

»Mein Großonkel hatte die Liebe seines Lebens gefunden. Und er hatte auf sein Herz gehört, ihr einen Ring an den Finger gesteckt und sie festgehalten, so gut es in Kriegszeiten möglich war.

Er hatte ihr sein Versprechen gegeben, am Leben zu bleiben. Und es gehalten.

Verletzungen hatten ihn nach Kriegsende lange von einem normalen Leben abgehalten. Seine Briefe blieben unbeantwortet. Als er seine Liebe dann endlich aufsuchen konnte, fand er dort, wo einst ihr Haus gestanden hatte, nichts weiter als eine Ruine vor. Niemand wusste etwas.

Als Stella den Mut fand und ihre Augen öffnete, wusste sie, wie lange manche Sternschnuppenwünsche tatsächlich brauchten, um in Erfüllung zu gehen.

46

ENDE

Danksagung

Kurzgeschichte hin oder her, ein Dankeschön gehört für mich unbedingt dazu. Insbesondere gilt dies:

Meinem Mann, als Berater in militärischen Belangen und Küchenchef für mein leibliches Wohl.

Meinen Töchtern Alena und Nina, die mich mit ihrem literarischen Sachverstand unterstützten.

Meiner Tochter Paula, die auf dieses Ende der Geschichte drängte und die Grundidee zum Cover beisteuerte.

Meiner italienverliebten Freundin Tina Ehrenstraßer mit ihren grundehrlichen Hinweisen als Testleserin.

Meiner urengsten Autorenfreundin Katja Stange, in deren DNA der Duden verankert ist und die ich ständig mit Fragen zur Veröffentlichung nerven durfte.

Ein besonders dickes Dankeschön gilt meiner lieben Mentorin Lilian Kaliner. Danke, dass du dir trotz eigener arbeitsintensiver Projekte die Zeit genommen hast, meinem Manuskript und mir mit deinem fachlichen Wissen zur Seite zu stehen.

Nicht zuletzt danke ich euch dafür, liebe Leserinnen und Leser, dass ihr der Geschichte von Stella und Amadeo eine Chance gegeben habt. Ich hoffe sehr, ihr habt die Zeit mit den beiden genossen.

Über die Autorin

Hinter dem Pseudonym Annelie Gerhard verbirgt sich eine realistische Träumerin aus Mecklenburg, deren leise Poesie aus Träumen, Wünschen und dem Leben an sich erblüht.

Mit ihrer Jugendliebe hat sie drei mittlerweile erwachsene Töchter und lebt mit Hund und Katze in der Nähe ihrer Geburtsstadt.

Seit 2019 bringt sie ihre eigenen Gedanken für die Öffentlichkeit zu Papier. Seither sind einige ihrer Gedichte und Kurzgeschichten in Anthologien sowie 2023 ihr Debüt »Sternenregen - Wie viele Sterne braucht das Glück?« erschienen.

Bisherige Veröffentlichungen

»100 Texte für den Frieden«, 2022 Verlag Edition Schaumberg, Gedicht »Der Weg«

»100 Bilder 200 Geschichten: Alles eine Frage der Perspektive« 2021 Herausgeber Ella Stein und Tom U. Behrens Kurzgeschichte »Der Klang von Regentropfen«

»Geschichten unterm Tannenbaum«, 2020 Telegonos Verlag Kurzgeschichte »Annies Weihnachtswunder«

»Herzensangelegenheiten«, 2019 Artio Wortkunstverlag Gedicht »Palast der tausend Erinnerungen«